Friedrich H.K. Baron de la Motte Fonqué

Aslauga's Ritter

Eine Erzählung

Friedrich H.K. Baron de la Motte Fonqué

Aslauga's Ritter
Eine Erzählung

ISBN/EAN: 9783743637351

Hergestellt in Europa, USA, Kanada, Australien, Japan

Cover: Foto ©Andreas Hilbeck / pixelio.de

Weitere Bücher finden Sie auf **www.hansebooks.com**

Aslauga's

Eine Erzählung

von

Friedrich Baron de la M[otte Fouqué]

Williams und No[rgate]
14, Henrietta Street, Covent [Garden]
20, South Frederick Street, [Edinburgh]

1863.

Erstes Kapitel.

Auf der Insel Fühnen lebte vor Zeiten ein edler Herr, der hieß Frode der Skaldenfreund, also benannt, weil er nicht allein alle rühmlichen und edlen Sänger gern in seiner schönen Burg bewirthete, sondern auch von den uralten Liedern, Sprüchen und Sagen mit großer Mühe aufzufinden strebte, was noch in Runenschrift oder auf andre Weise irgendwo übrig war. Er hatte selbst in dieser Absicht einige Fahrten nach Island gethan und dabei blutige Kämpfe mit den Seeräubern gehalten, wie er denn überhaupt ein gar mannlicher Ritterheld war und seinen großen Altvordern nicht nur in Liedern nachspürte, sondern ihnen auch nacheiferte mit dem Schwert. Obgleich er noch fast in den Jahren der Jünglingsblüte stand, vereinten sich doch alle andern Edelherren des Eilandes gern seinen Rathschlägen und seinem Banner, ja es war sein Ruhm schon über das Meer nach dem nachbarlichen deutschen Reiche hinüber gezogen. So wollte er es aber auch, denn es hätte ihm das Herz gebrochen, hätte er glauben müssen, von ihm würden dermaleinst keine Lieder gesungen werden und keine Sagen erzählt.

An einem schönen Herbstabende saß dieser ehrliebende Herr vor seiner Burg, wie er es gern zu thun pflegte, um recht weit nach allen Seiten in Land und See hinaus schauen zu können und auch um die vorbeiziehenden Wanderer, seiner edlen Gastlichkeit nach, zu sich einzuladen. Aber heute sah er nur wenig von Allem, wonach er sonst auszublicken gewohnt war, denn ein altes Buch mit kunstreicher, schön gemalter Schrift, das ihm eben erst ein weiser Isländer herübergesandt hatte, lag auf seinen Knieen. Es war die Sage von der schönen Sigurdstochter Aslauga, die anfänglich, ihre hohe Geburt verbergend, in schlechten Kleidern bei gemeinen Bauersleuten Ziegen hütete, dann dem König Ragnar Lodbrog in den wallenden Goldschleiern ihres Lockenhaars gefiel und endlich als dessen herrliche Königin auf dem dänischen Throne prangte bis an ihres Endes Zeit.

Dem Ritter Frode war es zu Muth, als steige die huldreiche Herrin Aslauga lebendig und wahrhaft vor ihm auf, so daß sein stilles, tapfres Herz, zwar allen Frauen dienstbar, doch bis dahin noch nie von der Neigung gegen ein einzelnes Frauenbild getroffen, jetzt für die schöne Sigurdstochter in Liebe hell emporflammte. — „Was thut es," dachte er bei sich, „daß sie schon seit mehr als hundert Jahren von der Erde verschwunden ist? Sieht sie mir doch licht und klar in mein Herz herein, und was kann ein Rittersmann Besseres wollen? Deswegen soll sie nun auch für und für meine holde

Minne bleiben und meine Helferin in Kampf und Lied." — Er machte auch sogleich einen Sang auf seine neue Liebschaft, der hieß folgendergestalt:

„Sie reiten und suchen durch Thal und Höh'n
Nach einem Feinsliebchen wunderschön;
Durch Stadt und Burg sie halten die Fahrt,
Zu suchen ein Liebchen wunderzart;
Sie forschen, wo nie ein Steig hintrug,
Zu suchen ein Liebchen wunderklug; —
Ach reitet, Ihr Ritter, Ihr findet's nicht,
Ich hab' es gefunden im Sangeslicht,
Ich hab' es gefunden, zart, klug und schön,
Ich will es durch muthige That erhöh'n.
Und säh' ich's im Leben auch nimmerdar,
So wird mir im Tode sein Antlitz klar,
Und wohnt es nicht mehr auf dem Erdenrund,
So schließen wir drunten den süßen Bund.
Gute Nacht, liebe Welt! Süß Lieb, guten Tag.
Wird finden, wer treulich nur suchen mag."

„Dabei kommt auch noch Vieles auf Glück an;" sagte eine hohle Stimme dicht neben dem Ritter, und als er sich umsah, erblickte er die Gestalt einer ärmlichen Bäuerin, so dicht in graue Tücher gehüllt, daß er von ihrem Antlitz auch nicht das mindeste wahrnehmen konnte. Sie sah ihm über die Schulter in das Buch, und sagte mit tiefem Seufzen: „Die Geschichte kenn' ich recht gut, und geht es mir eben nicht besser, als dem Fräulein, von welchem darin geschrieben steht." — Frobe starrte sie verwundert an. — „Ja wohl, ja wohl!" fuhr sie mit

wunderlichem Kopfnicken fort. „Bin ich doch die Enkelin
des mächtigen Rolf, welchem die schönsten Burgen und
Forsten und Felder dieses Eilands gehörten; deine Burg
und deine Marken, Frode, gehörten ihm unter andern auch.
Nun sind wir zur Armuth herab gebracht, und weil ich
nicht so schön bin, wie Aslauga, gibt es zur Wieder=
herstellung keine Hoffnung mehr, und ich verhülle des=
wegen lieber mein armes Angesicht ganz." — Es war,
als weine sie unter den Schleiern heiße Thränen. Dar=
über ward Frode sehr bewegt und bat sie, ihn doch um
Gotteswillen wissen zu lassen, wie er ihr helfen könne;
er sei ein Nachkomme der großen altnordischen Helden
und vielleicht noch etwas mehr als die: nämlich ein guter
Christ. — „Ich glaube fast," murmelte sie unter der
Umhüllung hervor, „du magst derselbe Frode sein, welchen
sie den Guten nennen und den Skaldenfreund, und von
dessen Großmuth und Milde sie ja verwunderliche Ge=
schichten erzählen. Wenn das ist, so möchte mir gehol=
fen sein. Du brauchst mir ja nur die Hälfte deiner
Aecker und Wiesen abzutreten, und ich käm' in den
Stand, halbweg ein Leben zu führen, wie es der Enkelin
des mächtigen Rolf geziemt."

Da schaute Frode nachdenklich vor sich nieder, theils
weil sie so gar Vieles gebeten hatte, theils auch, weil er
nachsann, ob diese wohl wirklich von dem gewaltigen
Rolf herstammen möchte. Die Verhüllte aber sagte nach
einigem Schweigen: „ich habe mich wohl dennoch geirrt,

und du bist jener weitgepriesene, mildherzige Frode nicht. Wie würde sich der wegen solch einer Kleinigkeit so lange besonnen haben! Aber es soll das letzte versucht sein. Sieh, um der schönen Aslauga willen, von welcher du eben gelesen und auch wohl gesungen hast, um der herrlichen Sigurdstochter willen erfülle mir mein Begehr." — Da richtete sich Frode feurig in die Höhe, rief: es geschehe, wie du gebeten hast! und reichte ihr betheuernd seine ritterliche Rechte. Aber er konnte die Hand der Bäuerin nicht erfassen, obgleich die dunkle Gestalt immer dicht vor ihm stehen blieb. Ein heimliches Grauen begann deshalb durch seine Glieder zu schleichen, während plötzlich ein Licht als von der Erscheinung ausging, ein Goldlicht, in welches sie sich ganz und gar einhüllte, so daß ihm zu Sinne ward, als stehe Aslauga vor ihm, in die wallenden Schleier ihres Goldhaares gekleidet, und lächle ihn freundlich an. Verzückt und geblendet sank er in die Kniee. Als er sich endlich wieder empor hub, sah er nur einen herbstlichen Nebeldampf über die Wiesen ziehen, an seinen Umrissen mit späten Abendlichtern gesäumt, und ihn dann fern auf den Meereswogen verschwinden.

Der Ritter wußte nicht, wie ihm geschehen war. Tiefsinnig schritt er in seine Gemächer zurück und meinte bald für ganz gewiß, er habe Aslaugen gesehen, bald auch wieder, ihm sei nur ein Kobold mit neckischen Gaukeleien erschienen, den Dienst, welchen er der todten Herrin gelobt, auf eine boshafte Weise verspottend. Aber wo er fortan durch Thal und Forst und Haide zog oder hinsegelte auf den Wellen des Meeres, kamen ihm ähnliche Erscheinungen entgegen: einmal fand er eine Zither im Walde liegen und scheuchte einen Wolf davon weg, und als die Zither unberührt in Töne zersprang, hob sich ein schönes Kindlein draus empor, wie Aslauga einstmals auch auf ähnliche Weise gefunden ward, — dann sah er Ziegen auf den höchsten Strandbergen klettern und eine Goldgestalt als Hüterin bei ihnen, — dann wieder eine leuchtende Königin in strahlender Barke dicht an ihm vorüber fahren und ihn freundlich grüßen — und wenn er sich dem Allen nähern wollte, war es Nebel und Wolke und Duft. Es möchten sich vielleicht viele Lieder davon singen lassen. Immer aber erkannte er so viel daraus, die schöne Herrin Aslauga nehme seinen Dienst an, und er sei nun in der That und Wahrheit ihr Ritter geworden.

Zweites Kapitel.

Während dessen war der Winter hereingebrochen und vorübergezogen. In nordischen Ländern hat er es wohl immer an der Art, denen, die ihn verstehen und ihn zu lieben wissen, gar schöne und bedeutsame Bilder mitzubringen, daran sich manch ein Menschenkind, wo von Erdenglück die Rede ist, genügen lassen könnte für alle Erdenzeit. Als nun aber der Frühling hereinleuchtete mit aufgegangenen Knospen und strömenden Gewässern, kam auch aus dem deutschen Reiche gar eine blumige, sonnenhelle Botschaft nach Fühnen herüber.

Es gab nämlich an den reichen Ufern des Mains, da wo er durch das gesegnete Frankenland strömt, einen fast königlichen Burgbau, dessen verwaisete Erbin eine Anverwandte des römischen Kaisers war. Sie hieß Hildegardis und war weit und breit für die allerschönste Jungfrau bekannt. Da wollte nun ihr kaiserlicher Oheim, daß sie auch den allertapfersten Ritter, den man weit und breit anträfe, heirathen möchte, und keinen Andern. Deshalb that er nach dem Beispiele vieler edlen Herren in solchen Fällen und schrieb ein Turnier aus, worin der erste Preis die Hand der herrlichen Hildegardis war, dafern der Sieger nicht schon eine Ehefrau oder sonst eine Freundin im Herzen trage. Denn ausgeschlossen sollte kein wehrhafter und ebenbürtiger Rittersheld von dem Kampfe sein, damit sich ein desto reicherer Wettstreit des Muthes und der Kraft kund gebe. Nun schrieben auch dem ruhmvollen Frode seine deutschen Waffengenossen hiervon, und er rüstete sich, bei dem Feste zu erscheinen.

Vor allen Dingen schmiedete er sich eine herrliche Rüstung, wie er denn unter den Waffenschmieden des ganzen, auch deshalb weit berühmten Nordlandes der Trefflichste war. Den Helm wirkte er aus eitlem Golde und formte ihn dergestalt, daß er über und über wie lauter krause Locken anzusehen war, an Aslaugens goldiges Lockenhaar erinnernd. So auch fertigte er auf dem Bruststücke des mit Silberplatten überlegten Harnisches eine goldene, halberhobene Gestalt, welche Aslaugen darstellte in ihren Lockenschleiern, damit sich's gleich beim Anfang des Turniers kund gebe: dieser Ritter, das Bildniß einer Dame auf der Brust tragend, fechte nicht um die Hand der schönen Hildegardis, sondern nur um der Kampfesfreudigkeit willen und um ritterlichen Ruhm.

Alsdann zog er ein schönes dänisches Roß aus seinen Ställen, schiffte es gar sorgsam ein und segelte glücklich hinüber.

Drittes Kapitel.

In einer der schönen Buchenwaldungen, welche man häufig in den gesegneten deutschen Landen sieht, traf er einstmalen einen jungen, freundlichen Ritter an, von zarter Gestalt; der lud den edlen Nordmann zu dem Mahle ein, welches er sich eben recht behaglich auf einem Rasenplatze unter dem Schatten der anmuthigsten Zweige bereitet hatte. Wie nun die beiden vergnüglich mitsammen speisten, wurden sie einander sehr lieb und freuten sich, als sie bei'm Aufbruche merkten, ihre Bestimmung führe sie vor der Hand noch einen und denselben Weg. Nicht, daß man sich aber durch viele Worte verständigt hätte; vielmehr war der junge Ritter, welcher sich Edwald nannte, absonderlich schweigsamer Natur, so daß er wohl stundenlang im stillen Lächeln da sitzen konnte, ohne den Mund ein einziges Mal zu öffnen. Aber eben in diesem stillen Lächeln offenbarte sich eine fromme, liebliche Huld, und wenn dann bisweilen ein einfaches aber sinniges Wort über die Lippen sprang, erschien es wie eine dankenswerthe Zugabe. So war es auch mit den kleinen Liedern, welche er hin und wieder sang. Sie waren fast eben so schnell verhallt, als begonnen, aber in ihren kurzen Zeilen webte ein tiefes, anmuthiges Leben, mochte es sich nun wie ein freundlicher Seufzer gestalten oder wie ein seliges Lächeln. Dem edlen Frode ward zu Sinne, als reite ein jüngerer Bruder mit ihm oder gar ein zarter, blühender Sohn.

Sie blieben auf diese Weise mehrere Tage lang beisammen; es schien fast, ihr Pfad sei ihnen in untrennbarer Vereinigung vorgezeichnet, und so sehr sie sich darüber freuten, blickten sie einander doch beim Aufbruche oder an Scheidewegen, wenn sich noch immer keine Aenderung in ihrer Richtung offenbaren wollte, wehmüthig an. Ja, es war bisweilen, als schwimme in Etwalds gesenktem Auge eine Thräne.

Da geschah es einmal, daß sie in der Herberge auf einen gar übermüthigen Ritter trafen, von riesengroßer Gestalt und starken Gliedmaßen und fremder, undeutscher Sprache und Sitte. Er soll aus dem Böhmenlande gekommen sein. Der schaute seltsam lächelnd nach Frode herüber, welcher so eben wieder das alte Buch mit Aslaugens Geschichte vor sich genommen hatte und emsig darin las. „Ihr seid wohl ein geistlicher Ritter?" fragte er ihn und schien damit eine ganze Reihe von frechen Späßen anheben zu wollen. Aber die verneinende Antwort kam so ernst und gesetzt aus Frode's Munde, daß der Sorbenritter plötzlich inne hielt, wie man wohl manchmal sieht, daß Thiere, die ihren König, den Löwen, zu necken wagen, sich vor einem einzigen Blicke desselben alsbald zur Ruhe begeben. Zur Ruhe jedoch begab sich der Sorbenritter noch nicht. Vielmehr hub er an, den jungen Edwald zu necken, über dessen zarte Gestalt und Schweigsamkeit, wobei dieser Anfangs sehr geduldig blieb, endlich aber, da der Fremde ein ungeziemendes Wort sagte, aufstand, sein Schwert anschnallte und mit einer zierlichen Verbeugung sprach: „ich danke Euch, Herr, daß Ihr mir Gelegenheit geben wollt, zu beweisen, daß ich weder ein träger noch ein ungeübter Rittersmann bin. Denn nur so allein läßt sich Euer Betragen entschuldigen, welches man sonst ein sehr ungezogenes nennen müßte. Ist es Euch gefällig?" —

Damit schritt er zur Thür, der Sorbenritter folgte höhnisch lächelnd, Frode sehr besorgt für seinen jungen, zarten Freund, dessen Ehre ihm jedoch viel zu theuer war, um ihn auf irgend eine Weise vertreten zu wollen.

Bald jedoch zeigte sich's, daß der Nordmann unnöthige Sorge getragen hatte. Mit eben so viel Kraft als Gewandtheit fiel Edwald seinen riesigen Gegner an, so daß es fast anzusehen war wie die Kämpfe von Rittern gegen Wald-Ungethüme, davon wir in alten Büchern lesen. Auch ergab sich der Ausgang auf ähnliche Weise. Edwald unterlief den Sorben, als dieser zu einem entscheidenden Hiebe ausholte, und warf ihn mit Ringerkraft auf den Boden. Dann aber schonte er des Besiegten, half ihm höflich wieder empor und ging nach seinem

Rosse. Bald darauf verließen er und Frode die Herberge, und abermals führte ihre Reise sie ein und dieselbe Straße entlang.

"Das sehe ich von nun an gerne;" sagte Frode, indem er vergnügt auf den gemeinsamen Weg zeigte. "Ich muß dir nur gestehen, Edchen, — er hatte sich gewöhnt, seinen jungen Freund in anmuthiger Vertraulichkeit bei diesem kindlichen Namen zu nennen, — ich muß dir nur gestehen, wenn ich bis jetzt daran dachte, du könntest vielleicht mit auf das Turnier ziehen wollen, das der schönen Hildegardis zu Ehren gehalten wird, ging mir eine Bangigkeit im Herzen auf. Deinen edlen Rittermuth erkannte ich wohl, aber ich fürchtete, die Kraft in deinen zarten Armen möchte nicht dafür ausreichen. Nun habe ich dich kennen lernen als einen Fechter, der seines Gleichen sucht, und Gottlob, wenn wir immer und immer des gleichen Weges ziehen, und willkommen mir baldigst gegenüber in den Schranken!"

Edwald aber blickte ihn sehr wehmüthig an und sagte: "was hilft mir meine Ringfertigkeit und Kraft, wenn ich sie gegen dich werde gebrauchen müssen und es um den höchsten Preis des Lebens gilt, welchen doch nur Einer von uns gewinnen kann! Ach ich habe die trübe Botschaft, daß auch du zum Turnier der schönen Hildegardis ziehest, schon lange mit schwerem Herzen vorausgeahnt."

"Edchen," entgegnete der lächelnde Frode, "du holdes,

freundliches Kind, siehst du denn nicht, daß ich bereits das Bild einer Huldin auf meinem Brustharnisch trage? Mein Kampf gilt nur dem Siegesruhm, deiner schönen Hildegardis nicht."

„Meiner schönen Hildegardis!" seufzte Edwald. „Das wird sie wohl nun und nimmermehr, oder wenn sie es wird, — ach, Frode, so sticht es dir dennoch durch das Herz. Ich weiß, die Nordlandstreue ist tiefgewurzelt, wie eure Felsen, und schwer zu schmelzen, wie deren Schneegipfel, aber glaube nur kein Menschenkind, ungestraft in Hildegardis Auge schauen zu dürfen. Hat doch sie, die stolze, die überstolze Jungfrau meinen stillen, demüthigen Sinn so ganz bethört, daß ich den Abgrund vergesse, der zwischen uns liegt, und ihr nacheile und lieber untergehen will, als der freveln Hoffnung entsagen, dies Adlergemüth zu gewinnen für mich."

„Ich will dir dazu helfen, Edchen;" erwiederte Frode noch immer lächelnd. „Wüßte ich nur, wie die gewaltige Herrin aussieht. Sie muß den Walküren unsrer heidnischen Ahnen gleichen, weil ja so muthige Helden vor ihr erliegen." — Edwald zog ernst ein Bildniß aus seinem Brustharnisch hervor und hielt es ihm entgegen. Starr und wie verzaubert blickte Frode darauf hin, seine Wangen glühten, seine Augen funkelten, das Lächeln schwand von seinem Antlitz weg, wie Sonnenlichter vor dem herabdunkelnden Sturm von den Wiesen ziehen.

„Siehst du es nun ein, mein herrlicher Genosse,"

flüsterte Edwald, „daß für einen von uns Beiden oder auch für uns alle Zwei die Lust des Lebens verloren ist?"

„Nicht doch," entgegnete Frode mit gewaltiger Anstrengung, „aber verbirg dein wunderliches Bildniß, und laß uns ruhen unter diesen Schatten. Der Zweikampf hat dich doch wohl ein wenig angegriffen, und auch mich drückt eine seltsame Mattigkeit wie mit bleiernen Gewichten nieder." — Sie stiegen von ihren Rossen und legten sich auf den Boden.

Viertes Kapitel.

Es war dem edlen Frode nicht um den Schlaf zu thun, sondern er wollte nur ungestört ein recht kraftvolles Ringen mit sich selbst anheben, um, wenn es sein möchte, das furchtbar schöne Bildniß Hildegardens wieder aus seinem Sinne hinaus zu treiben. Aber es war, als sei die fremde Gewalt schon zu einem Theil seines eignen Lebens geworden, und endlich überdunkelte den Erschöpften wirklich ein unruhiger, traumvoller Schlaf. Ihm kam es vor, als kämpfe er mit vielen Rittern, und Hildegardis schaue lächelnd dazu von einer reichgeschmückten Brüstung, und wie er eben den Sieg zu erfassen denke, stöhne Edwald blutend unter den Hufen der Rosse herauf. Dann war es wieder, als stehe Hildegardis neben ihm in der Kirche und er solle mit ihr ehelich eingesegnet werden; er wußte wohl, das sei nicht recht, und dränge das Ja, welches er aussprechen sollte, mit angestrengter Kraft zurück in sein Herz, und darüber wurden seine Augen von heißen Thränen feucht. Aus noch wildern, verworrenern Gesichten weckte ihn endlich Edwalds Stimme. Er richtete sich auf, und sein junger

Genoß sagte sehr freundlich gegen ein nahgelegnes Gebüsche hin: „kommt doch nur immer zurück, edle Maid. Ich helfe Euch sicherlich, wenn ich kann, und habe Euch auch gar nicht verscheuchen wollen; nur, daß Ihr mir meinen Waffenbruder nicht aus dem Schlummer wecken solltet." — Ein schwindender Goldglanz funkelte durch die Zweige herüber.

„Um Gott, mein trauter Gesell," fuhr Frode empor, „zu wem redest du, und wen hast du hier bei mir gesehen?"

„Ich kann es selbst nicht recht begreifen," sagte Edwald. „Du warest kaum eingeschlafen, da kam eine Gestalt aus dem Walde hervor, in tiefe, dunkle Tücher vermummt; ich sah sie anfänglich für eine Bäuerin an. Die setzte sich dir zu Häupten nieder, und ob ich gleich nichts von ihrem Angesichte sehen konnte, merkte ich doch, daß sie sehr betrübt war, ja wohl gar Thränen vergoß. Ich winkte ihr, fortzugehen, damit sie dich nicht störe, und wollte ihr ein Goldstück hinreichen, vermeinend, die Armuth sei Schuld an ihrem tiefen Kummer. Aber mir ward die Hand wie gelähmt, und mir bebte ein Schauder durch alle Sinne, als hätte ich solch' einen Gedanken gegen eine Königin gefaßt. Zugleich wehten funkelnde Goldlocken hier und dort zwischen den umhüllenden Tüchern hervor, und der Hain begann fast in ihrem Wiederscheine zu glänzen." — „Armer Knabe," sagte sie darauf, „du liebst ja und kannst es ahnen, wie ein hohes

Frauengemüth davon in schmerzlicher Wehmuth brennt, wenn ein edler Held, der sich uns zu eigen verhieß, sein Herze wendet und niedern Hoffnungen nachgezogen wird, wie ein schwacher Knecht." — „Darauf erhub sie sich und verschwand seufzend in jenem Gebüsch. Fast war mir, Frode, als habe sie deinen Namen genannt."

„Ja, den hat sie genannt," erwiederte Frode, „und nicht vergebens hat sie es gethan. Aslauga, dein Ritter kommt und reitet in die Schranken und nur für dich und deinen Preis allein. Nebenher, mein Edchen, wollen wir dir auch deine stolze Braut gewinnen." — Damit schwang er sich voll der alten, stolzen Freudigkeit wieder auf sein Roß, und wenn der Zauber von Hildegardens Schönheit blendend und verwirrend vor ihm emporsteigen wollte, sagte er lächelnd: „Aslauga!" und seine innere Liebessonne strahlte wieder nebelfrei und hell.

Fünftes Kapitel.

Von einem Altane der prächtigen Mainesburg pflegte sich Hildegardis in der Abendkühle am Anschauen der blühenden Gegend zu erquicken, aber mehr wohl noch an dem Waffenfunkeln, das gewöhnlich auf manchen fernen Straßen zugleich sichtbar ward, von heranziehenden Rittern mit und ohne Gefolge, begehrend, um den hohen Preis des Turnieres Muth und Kraft zu erproben. Sie war in der That eine sehr stolze und hochgesinnte Jungfrau und trieb es wohl weiter damit, als es selbst ihrer blendenden Schönheit und ihrem fürstlichen Stande geziemen mochte. Als sie nun einstmalen auch so über die blitzenden Straßen lächelnd hinsah, hub ein Fräulein aus ihrer Dienerschaft folgendes Liedchen zu singen an:

„Ach wär' ich nur
Ein Vögelein!
Das darf die Flur
Durchklingen fein
Gar mannigfalt
Mit Allem, mit Allem, was in ihm schallt!"

„Ach möcht' ich blühn
Als Blume rein!

Die darf das Grün
Durchhauchen sein
So fromm und mild
Mit Allem, mit Allem, was in ihr quillt!"

„So bin ich nur
Ein Rittersmann,
Auf hoher Spur
In Acht und Bann,
Und nehm' hinab
Mein Alles, mein Alles, verstummt ins Grab." —

„Wozu singt Ihr dieses Lied, und gerade jetzt?" sagte Hildegardis und bemühte sich, sehr höhnisch und stolz dabei auszusehen, aber sichtlich wehte eine tief geheime Wehmuth über ihr Antlitz. — „Es klang mir so unversehens durch den Sinn," entgegnete das Fräulein, „als ich auf die Straße blickte, von wo der sanfte Ebwald mit seinen kleinen, anmuthigen Liedern zuerst herüber gezogen kam, und da sang ich ihm dieses hier nach. Aber ist es Euch nicht auch, meine Herrin, und Euch, meine Gespielinnen allzumal, als reite Ebwald wieder von dorten nach der Burg herauf!" — „Träumerin!" hohnlachte Hildegardis und vermochte dennoch ihr Auge lange nicht von dem Ritter abzuwenden, bis sie es endlich fast mit Gewalt auf den neben ihm ziehenden Frode wandte, sprechend: „nun ja, Jener dort ist Ebwald. Aber was habt Ihr so Großes an dem stillen, demüthigen Knaben zu sehen? Hier auf diese erhabene Heldengestalt, Ihr Mädchen, richtet Eure Augen, wenn Ihr

einen herrlichen Mann zu erblicken wünscht." — Sie
schwieg. In ihrem Innern klang es, wie Weissagung, nun
reite der Sieger des Turniers in den Hof, und zum
erstenmal vor irgend Jemanden in der Welt empfand sie
vor dem hohen Nordlandsritter eine demüthige, fast ängst-
liche Scheu.

Bei der Abendtafel setzte man die beiden neu ange-
kommenen Ritter der königlichen Hildegardis gegenüber.
Weil Frode nach nordischer Sitte im vollen Panzer-
schmucke geblieben war, leuchtete Aslaugens Goldbild der
stolzen Herrin strahlend von den silbernen Platten entgegen. Sie lächelte hochmüthig, als seie sie sich bewußt,
nur an ihrem Willen liege es, das Bild der Dame von
der Brust und aus dem Herzen des fremden Ritters zu
vertreiben. Aber da zog plötzlich ein hell goldenes Licht
durch den Saal, daß Hildegardis meinte, „es blitze so
stark," und ihre Augen mit beiden Händen bedeckte.
Frode jedoch sah lustig und grüßend in den blanken
Schein. Da vermehrte sich noch Hildegardis Furcht vor
ihm, ob sie gleich meinte, „gerade dieser höchste und
wunderbarste aller Männer sei recht eigentlich für sie ge-
boren. Doch konnte sie nicht unterlassen, beinahe wider
ihren Willen oft mit Rührung und Innigkeit auf den
armen Ewald zu blicken, der schweigsam und freundlich
da saß, als lächele er seinen eignen Schmerz und seine
eigne vergebliche Hoffnung mitleidig an.

Als beide Ritter in ihrem Schlafgemach allein waren,

sahe Edwald noch eine lange Zeit aus dem Fenster still
in die duftige, blühende Nacht hinein. Dann sang er
zu der Zither:

„Ein weiser Held,
Ein frommes Kind,
Ihm treu gesinnt,
Die zogen mitsammen durch die Welt."

„Der Held gewann
Sich Glück und Ruh,
Das Kind sah zu
Und hatte so recht seine Freude dran."

Frode aber nahm ihm die Zither aus den Händen
und sagte: „nein, Edchen, ich will dich ein andres Lied
lehren. Gib Acht:"

„Im Saale wird's hell, als wenn es tagt;
Das ist die schöne, geschmückte Magd.
Sie schauet wohl rechts, sie schauet wohl links,
Die Freier die warten ihres Winks.
Der mit dem goldenen Rock solls sein?
Sie wendet sich ab. Ich denke nein.
Oder der mit dem klugen Spruch und Wort?
Da kehret sie Ohr und Auge fort.
Vielleicht der Fürst in gediegner Pracht?
Sie hat sich was Andres wohl erdacht.
So kündet mir doch in aller Welt,
Wer ist's, der endlich der Magd gefällt?
Ganz schweigsam sitzet in Liebesschmerz
Ein feiner Knappe, der hat ihr Herz;
Sie machen sich alle manch falsch Gedicht,
Der Eine, der ist es, und weiß es nicht."

Ewald glühte hoch auf. — „Wie Gott will," sagte er leise vor sich hin, „aber ich glaube, ich könnte niemals begreifen, wie das also hätte kommen dürfen." — „Wie Gott will!" wiederholte Frode. Die beiden Freunde umarmten sich und schliefen bald darauf fröhlich ein.

Sechstes Kapitel.

Einige Tage darauf saß Frode in einer entlegenen Laube des Schloßgartens und las in dem alten Buche von seiner schönen Herrin Aslauga. Da geschah es, daß eben Hildegardis vorüber ging. Sie blieb nachdenklich stehen und sagte: „wie kommt es denn, Ihr seltsames Gemisch von Rittersmann und klugem Meister, daß Ihr von den tiefen Schätzen Eures Wissens so gar wenig erzählt? Ich sollte doch meinen, es müßten Euch viele anmuthige Geschichten zu Gebote stehen; zum Beispiel die, welche Ihr eben da vor Euch habt, denn ich sehe gar zierliche und helle Bilder von schönen Jungfrauen und edlen Helden in die Schriftzeichen hineingemalt." — „Wohl ist dieses die herrlichste und lieblichste Geschichte von aller Welt," sagte Frode. „Aber Ihr habt keine Geduld und keinen Ernst dazu, unsre wundersamen Nordlandssagen anzuhören." — „Wer sagt Euch das?" entgegnete Hildegardis mit einigem Stolz, wie sie ihn gern gegen Frode annahm, wenn es ihr gelingen wollte; ließ sich auf eine Steinbank ihm gegenüber nieder und gebot, „er solle ihr gleich jetzt aus dem schönen Buche vorlesen."

Frode begann, und eben in der Anstrengung, mit welcher er bemüht war, die alte isländische Heldensprache in die süddeutsche Mundart zu verwandeln, regte sich ihm Herz und Sinn noch glühender und feierlicher an. Wenn er bisweilen aufblickte, sah er in Hildegardis strahlendes Angesicht, wie es von Freude, Bewunderung und Theilnahme immer schöner funkelte, und ihm fuhren Gedanken durch den Sinn, als könne diese doch wohl seine erkorene Braut auf Erden sein, zu welcher eben Aslauga ihn hinleite.

Da verwirrten sich plötzlich die Schriftzeichen seltsam vor seinen Augen; es war, als fingen die Bilder sich zu regen an, und er mußte innehalten. Indem er nun so angestrengten Blickes in das Buch sah, um die wunderliche Störung wieder zu verscheuchen, hörte er eine wohlbekannte holdselige Stimme sagen: „gebt ein wenig Raum, schönes Fräulein. Die Geschichte, welche der Ritter Euch vorliest, handelt von mir, und ich höre sie gern."

Vor den Blicken des emporstarrenden Frode saß in aller Pracht ihrer goldig wallenden Locken Aslauga neben Hildegardis auf der Bank. Thränen des Schreckens im Auge, sank das Fräulein ohnmächtig zurück. Aslauga drohte ihrem Ritter ernst aber lieblich mit der schönen Rechten und verschwand.

„Was habe ich Euch gethan," sagte die vor seinen Bemühungen wieder erwachende Hildegardis, „was habe ich Euch gethan, böser Ritter, daß Ihr Eure nordischen Gespenster an meine Seite ruft und mich mit entsetzlichen Zauberkünsten zum Tode erschreckt?"

„Dame," entgegnete Frode, „so soll Gott mir helfen, als ich die wundersame Herrin nicht berufen habe, die uns soeben erschien. Aber ihren Willen erkenne ich nun gar wohl und befehle Euch in Gottes Schutz." Damit schritt er nachdenklich aus der Laube.

Scheu flüchtete Hildegardis von der andern Seite aus dem schauerlichen Blätterdunkel und trat auf einen weiten, schönen Rasenplatz hinaus, wo Edwald im anmuthigen Abendscheine Blumen pflückte und ihr freundlich lächelnd einen Strauß von Sinnviolen und Narcissen entgegen trug.

Siebentes Kapitel.

Der zum Turniere angesetzte Tag war nun herbeigekommen, und ein mächtiger Herzog, vom römischen Kaiser als Stellvertreter abgesandt, ordnete Alles auf das herrlichste und prachtvollste zu dem ernsten Feste an. Weit und schön geformt und eben dehnte sich der Kampfplatz aus, dicht mit dem feinsten Sande überstreut, daß Mann und Roß wohl darauf fußen konnten und er fast wie ein reines Schneefeld mitten aus dem blumigen Anger herauf leuchtete. Reiche Decken von Seide aus Arabia, mit indischem Golde in seltsamen Schwingungen verziert, hingen vielfarbig über dem Gehäge, das den Raum umschloß, und wallten von den hohen Gerüsten, für Frauen und zuschauende Fürsten gebaut, hernieder. Am Oberende, unter einer Laube von goldenen, zierlich und kühn verschlungenen Bogen, war Fräulein Hildegardis Stelle. Grüne Kränze und Gewinde wiegten sich anmuthig zwischen den glänzenden Pfeilern im Hauche der lieblichen Juliusduft, und mit ungeduldigen Blicken schaute die Volksmenge, die sich außerhalb der Schranken drängte, dort hinauf, den Anblick der allerschönsten Jungfrau Deutschlands erwartend und nur dann und wann durch das prachtvolle Einreiten der Kampfhelden nach einer andern Seite gelenkt. O wie viele der lichten Harnische, der sammtenen, reichgestickten Waffenröcke, der riesig hohen, wallenden Helmesbüsche waren hier zu erblicken! Die herrliche Ritterschaar wogte auf den angewiesenen Plätzen grüßend und sprechend durcheinander hin, wie ein vom Lufthauche bewegtes Blumenbeet, wo aber die Stauden zu Bäumen erwachsen wären und die gelben und weißen Blätter zu Gold und Silber erblüht und die Thautropfen zu Perlen und Diamanten. Denn was es nur Schönes und Köstliches gab, hatten die edlen Herren sinnvoll und mannigfach auf den Glanz dieses Tages verwendet.

Vieler Augen hefteten sich auf Frode, der, sonder Schärpe, Helmbusch und Wappenrock, mit seinem silberleuchtenden Panzer und dem goldenen Aslauga'sbilde darauf und dem kunstreichen goldenen Lockenhelm wie lauteres Erz durch das Gewimmel hervorblitzte. So fanden wieder Andere ihre besondere Lust daran, den jungen Edwald zu betrachten, dem ein Wappenrock von weißem Sammet, mit Himmelblau und Silber verbrämt, fast die ganze Rüstung, ein gewaltiger Busch von schwanenweißen Federn fast den ganzen Helm verhüllte. Er war beinahe weiblich geschmückt anzusehen, und dennoch verkündete die sichere Gewalt, mit welcher er sein wildes, weißgeborenes Roß bändigte, des zarten Helden mannhafte Siegerkraft.

Ganz wunderlich stach dagegen eine hohe, fast riesenmäßige Reitergestalt ab, in einen Wappenrock von schwarzer, glänzender Bärenhaut gekleidet, welchen edles Pelzwerk einfaßte, ohne allen Schmuck von leuchtendem Metall; selbst der Helm war mit schwarzem Bärenfell überlegt, und statt der Federn strömte eine Mähne von blutroth gefärbtem Roßhaar auf allen Seiten gewaltig darüber hin. Frode und Edwald kannten den finstern Ritter wohl; es war ihr unartiger Gast aus der Herberge, und eben auch schien er die beiden Ritter zu bemerken, als er schon sein Pferd ungestüm herum warf, sich durch den Kreis der Kampfhelden hinausdrängte und, nachdem er an den Schranken mit einem häßlichen braungelben Weibe gesprochen hatte, über die Gehäge mit einem wilden Satze hinflog und pfeilschnell jagend aus Aller Augen verschwand. Die Alte nickte ihm freundlich grüßend nach, das versammelte Volk lachte, wie über eine seltsame Faschingserscheinung, und Edwald und Frode hatten ihren eignen, fast schauerlichen Gedanken dabei, die sie aber nicht einmal Einer dem Andern mitzutheilen für gut fanden.

Die Pauken wirbelten, die Trompeten schmetterten; an der Hand des alten Herzogs trat Hildegardis, reich geschmückt, strahlender noch in allem Glanz ihrer eignen Schönheit, unter den Wölbungen der goldenen Laube hervor und neigte sich gegen die Versammlung. Tief senkten die Ritter ihre Häupter, und fast in Aller Herzen mochte das Gefühl klopfen: „es gibt wohl keinen Menschen auf Erden, der sich eine so königliche Herrin verdienen kann." — Indem Frode sich neigte, war ihm, als streife der goldene Lichtglanz von Aslaugens Locken vor seinen Blicken, und ihm ward sehr stolz und froh zu Muthe, daß ihn die Herrin werth genug halte, ihn öfter an sich zu erinnern.

Das Turnier begann. Zu Anfang ward mit stumpfen Schwertern und mit Streitäxten gefochten, dann mit den Lanzen Mann gegen Mann gerannt, zuletzt aber theilte sich Alles in zwei gleiche Parten und hub ein allgemeines Treffen an, wo es Jedwedem frei stand, Klinge und Speer nach Willkühr zu gebrauchen.

Frode und Edwald hatten sich gleichen Preis über ihre Mitkämpfer gewonnen, welches Beiden, die eigne rühmliche Kraft und die des Freundes wohl ermessend, wahrscheinlich gewesen war, und nun sollten sie durch einen Zweikampf im Lanzenrennen entscheiden, wem die höchste Krone des Sieges gebühre. Sie ritten vor dem Beginn des Streites langsam in der Mitte der Bahn zusammen und besprachen sich, wo sie ihre Stelle nehmen wollten. — „Halte dir nur immer deinen begeisternden Stern im Angesicht," lächelte Frode. „Mir wird darum die gleiche liebliche Hülfe nicht fehlen." — Edwald sahe staunend umher nach der Herrin, auf die sein Freund zu deuten schien, und dieser fuhr fort: „ich habe Unrecht gethan, dir etwas zu verhehlen, aber nach dem Turnier

sollst du Alles erfahren. Jetzt entschlage dich der un=
nöthigen Gedanken, liebes Edchen, und sitze sehr fest im
Sattel, denn ich sage dir, ich werde aus ganzer Macht
rennen, dieweil es nicht nur meinen Ruhm, sondern den
noch viel höhern meiner Dame gilt." — „Auf gleiche
Weise denke ich es auch anzufangen;" sagte Edwald
freundlich. Sie schüttelten einander die Hände und
ritten auf ihre Plätze.

Im Klange der Trompeten, pfeilschnell rennend,
trafen sie wieder zusammen; die Lanzen zerkrachten
splitternd, die Rosse strauchelten, die Ritter, unbewegt
in ihren Bügeln, rissen sie in die Höh' und trabten an
ihre Stellen zurück.

Wie man sich zum abermaligen Rennen ordnete,
schnaubte Edwalds Schimmel wild und scheu; Frode's
gewaltiges Rothroß stieg bäumend in die Luft; man
sahe die beiden edlen Thiere vor dem zweiten harten
Zusammenstoßen bange, aber fest hielten sie die Reiter
zwischen Sporn und Zügel, und beim erneuten Rufe der
Trompeten donnerten sie wieder gehorsam und kräftig
vorwärts. Edwald, der mit einem tiefen, glühenden
Blicke der Herrin Schönheit auf's neue in seine Seele
gefaßt hatte, rief im Augenblicke des Aneinandertreffens
laut: „Hildegardis!" und so gewaltig faßte seine Lanze
den tapfern Gegner, daß dieser mit dem Oberleibe auf
den Rücken des Gauls zurück sank, sich nur mühsam im
Sattel erhielt und kaum bügelfest blieb, während Edwald

ohne Wanken vorüberflog, an Hildegardens Laube grüßend den Speer neigte und dann unter dem lauten Jubelruf der Menge zum dritten Rennen an seinen Ort sprengte. Ach, auch Hildegardis hatte ihn freundlich, überrascht, erröthend gegrüßt, und ihm ward zu Muth, als sei die berauschende Seligkeit dieses Sieges bereits erfochten.

Das war sie aber noch nicht, denn der edle Frode, von kriegerischem Schamroth glühend, sammelte so eben wieder sein wild gewordenes Pferd und strafte es mit scharfen Spornschlägen für den Antheil, welchen es an diesem Unfalle gehabt hatte. Zugleich sagte er leise: „liebe, schöne Herrin, thue dich mir sichtbarlich kund: es gilt deines Namens Preis."

Allen andern Menschen kam es vor, als ziehe eine rostig goldne Sommerwolke über den tiefblauen Himmel, aber Frode sah in seiner Dame himmlisches Angesicht, fühlte sich wie angeweht von ihrem Lockengolde, und: „Aslauga!" rief er, und zusammen trafen die Ritter, und weit von seinem Rosse flog Edwald auf den stäubenden Kampfplatz hin.

Achtes Kapitel.

Frode hielt erst nach Rittersitte eine Zeitlang regungs=
los still, als warte er, ob ihm noch Jemand den Sieg
zu bestreiten denke, und war auf seinem gepanzerten
Rosse fast wie eine hohe, erzene Bildsäule anzusehen;
rings blieb das Volk in blöder Ueberraschung still.
Wie es nun aber endlich in Jubelruf ausbrach, winkte
er ernst mit der Hand, und Alles schwieg von neuem.
Dann war er leichten Schwunges aus dem Sattel und
eilte dahin, wo der gestürzte Edwald sich aufrichtete.
Er drückte ihn fest an sein Herz, führte ihm den Schimmel
vor und ließ nicht eher ab, bis der Jüngling es ver=
gönnen mußte, daß er ihm beim Aufsitzen den Bügel
hielt. Dann stieg auch er wieder zu Roß und ritt an
Edwalds Seite gegen Hildegardens Goldlaube vor, wo
er gesenkten Speeres und aufgeschlagenen Visieres also
sprach:

„Schönste unter allen lebenden Frauen, ich bringe
Euch hier Edwald, Euern ritterlichen Bräutigam, vor
dessen Lanze und Schwert alle Helden dieses Turniers
erlegen sind, mich ausgenommen, der auf das herrlichste

Kleinod des Sieges keinen Anspruch machen darf, da ich, wie das Bild auf meinem Brustharnisch zeigt, schon einer andern Herrin diene."

Der Herzog machte sich fertig, den beiden Kämpfern entgegen zu gehen, um sie nach der Goldlaube herauf zu führen, aber Hildegardens verneinender Wink hielt ihn zurück, und sie sagte darauf mit zornglühenden Wangen:

"So dient Ihr, mein Dänenritter, Herr Frode, Eurer Dame schlecht, denn nur eben noch habt Ihr mich öffentlich die Schönste der lebenden Frauen genannt."

"Das that ich," entgegnete Frode mit sittigem Neigen, "weil meine schöne Herrin zu den Todten gehört."

Ein leiser Schauer zog mit diesen Worten durch die Versammlung und auch durch Hildegardens Herz, aber bald flammte der Zorn der Jungfrau wieder auf, um so mehr, da der herrlichste und wunderbarste Ritter, den sie kannte, sie um einer Gestorbenen willen verschmähte.

"Ich thue Allen kund," rief sie mit feierlichem Ernst, "daß nach dem rechten Willen meines kaiserlichen Oheims diese Hand sicherlich keinem Besiegten angehören darf, möge er auch sonst noch so edel und rühmlich erscheinen. Da nun der Sieger des heutigen Turnieres durch anderweitigen Dienst gebunden ist, gilt dieser Kampf für mich so gut als keiner, und schreite ich von hinnen, wie ich kam: als eine freie, unverlobte Magd."

Der Herzog schien etwas einwenden zu wollen, aber

sie wandte sich stolz von ihm ab und verließ die Gold=
laube. Ein unversehener wilder Luftzug riß dabei an der
grünen Kränzen und Gewinden und warf sie ihr ver-
worren und raschelnd nach, worin das Volk, mit Hildegardens Hochmuth mißvergnügt, ein strafendes Vorzeichen
zu sehen glaubte und sich unter einem höhnisch beifäl=
ligen Gemurmel auseinander begab.

Neuntes Kapitel.

Die beiden Ritter waren im tiefem Schweigen nach ihren Gemächern heimgekehrt. Dort angekommen, ließ sich Edwald sogleich entwappnen und legte all' die Stücke des schönen, glänzenden Rüstzeuges sorgfältig zusammen, mit einer recht liebevollen Genauigkeit, beinah, als ob er einen theuern Gestorbenen bestatte. Dann winkte er die Knappen aus dem Zimmer, nahm seine Laute in den Arm und sang folgendes Liedchen zu ihren Tönen:

>„Wen legst in's Grab du
>So leis' und stille? —
>Das ist mein kühner,
>Mein froher Wille.
>Schlaf ruhig, du Todter, im Kämmerlein!
>Mein Hoffen bettet sich mit hinein."

„Du wirst mich noch böse machen auf deine Laute," sagte Frode, „es sei dann, daß du ihr wieder fröhlichere Liederchen angewöhnst. Zur Grabesglocke ist sie viel zu gut und du vollends für einen solchen Glöckner. Ich sage dir, mein junger Held, es wird noch Alles sehr herrlich."

Edwald sahe ihm eine Weile erstaunt in die Augen; dann entgegnete er freundlich: nein, lieber Frode, wenn es dir mißfällt, will ich auch gewiß nicht wieder singen." — Aber einige wehmüthige Akkorde griff er, die klangen unendlich lieb und zart. Da faßte ihn der Norderheld sehr bewegt in seine Arme und sagte: „liebes Edchen, sing' und sprich und thu', was dir gefällt; das soll auch mir immer recht erfreulich sein. Aber glauben kannst du es doch auch wohl, wenn ich dir aus nicht unbegabten Sinnen verkünde: dein Leib muß sich wenden; ob zum Tod oder Leben, weiß ich noch nicht, aber große, überschwängliche Freude kommt dir gewiß." — Fest und heiter stand Edwald vom Sessel auf, faßte kräftig seines Genossen Arm und schritt mit ihm durch blühende Gartengehäge in die duftige Abendkühle hinaus. —

Zu eben dieser Stunde führte man eine alte Frau, in viele Tücher vermummt, heimlich nach Fräulein Hildegardens Gemach. Die Fremde, braun und wunderlich anzusehen, hatte mit mancherlei Kunststücken einen Theil des vom Turnier heimgehenden Volkes eine Zeitlang um sich versammelt gehalten, endlich aber Alle im wilden Entsetzen auseinander gesprengt. Noch bevor dieses letztere geschah, war die Gürtelmagd Hildegardens zu ihrer Herrin geeilt, um sie von den seltsamen und lustigen Streichen der braungelben Frau zu unterhalten, und die Fräulein des Gefolges, den Trübsinn der tief bewegten Dame zu verscheuchen bemüht, geboten der Erzählerin, die Alte herbei zu rufen. Hildegardis ließ es geschehen, hoffend, die Aufmerksamkeit ihrer Dienerinnen von sich abzuwenden und tiefer und achtsamer die wechselnden Gestalten beschauen zu können, welche ihr den Sinn bewegten.

Die Botin fand den Platz schon geleert und die fremde Alte in Mitten desselben ganz allein, unmäßig lachend. Sie verhehlte ihr auf Befragen nicht, wie sie sich mit einem Male in die Gestalt einer ungeheuern Eule verstellt habe, den Zuschauern mit schnarrenden Worten weiß machend, sie seie der Teufel, und wie davor Jedermann schreiend nach Haus gelaufen sei.

Der Gürtelmagd ward bange vor dem häßlichen Scherz, und dennoch getraute sie sich nicht, Hildegarden, deren Unmuth sie bemerkt hatte, auf's neue nach ihren Befehlen zu fragen. Sie begnügte sich daher, der Fremden unter vielen Drohungen und Verheißungen einzuschärfen, daß sie sich ja fein sittig in der Burg betragen solle, und sie dann auf recht geheimen Wegen hineinzubringen, damit Niemand der durch sie Erschreckten diese Bestellung wahrnehme.

Die Alte stand nun vor Hildegarden und winkte ihr mitten in der tiefen demüthigen Verbeugung auf eine seltsam vertrauliche Weise zu, als hätten sie Beide ein Geheimniß mit einander. Die Herrin fuhr davor unwillkührlich zusammen und konnte ihren Blick von den Zügen des häßlichen Antlitzes, so widrig ihr dieses auch

vorkam, gar nicht wieder losmachen. Die Andern
schienen die Neugier, mit welcher sie dem fremden Weibe
entgegen gesehen hatten, auf keine Weise befriedigt zu
finden; auch machte sie nur ganz alltägliche Kunst=
stückchen und erzählte längst bekannte Mährlein, davor es
selbst der Gürtelmagd leer und gleichgültig zu Sinne
ward und sie sich ihrer Empfehlung sehr schämte. Sie
schlich sich daher unbemerkt davon, und einige Fräulein
folgten ihrem Beispiele, bei deren jedesmaliger Entfernung
die Alte ihren Mund zum Lächeln verzog und jenen
häßlich vertraulichen Wink gegen die Herrin wieder=
holte. Hildegardis konnte nicht begreifen, was in den
Späßen und Geschichten des braungelben Weibes An=
ziehendes für sie liege; aber es war nun einmal so; in
ihrem ganzen Leben hatte sie nie Jemand so achtsam die
Worte vom Munde genommen. Die Alte erzählte immer
fort und fort, und schon dunkelte die Nacht draußen vor
den Fenstern, aber die Fräulein, die sich noch um Hilde=
gardis befanden, waren in tiefen Schlaf gesunken und
hatten keine der Wachskerzen im Gemache angezündet.

Da, in der schauerlichen Dämmerung, erhub sich die
finstere Alte von der kleinen Bank, die bisher ihr Platz
gewesen war, recht, als fühle sie sich nun wohl und
heimathlich, schritt auf die von Schauern wie betäubte
Hildegardis zu, setzte sich neben sie auf den purpurnen
Hochsitz, umfaßte sie, häßlich liebkosend, mit den langen,
dürren Armen und sagte ihr einige Worte in's Ohr.

Der Herrin ward es, als nenne man Frode's und Edwalds Namen zugleich, und daraus werde ein Flötenklang, der, in so hellsilbernen Schwingungen er sich auch vernehmen ließ, sie dennoch einwiegte, wie in einen Schlaf; zwar konnte sie dabei ihre Glieder regen, aber doch nur um dem Klange zu folgen, welcher als mit Silbernetzen die häßliche Bildung der Alten verhüllend umwob. Und diese schritt aus den Kammern und Hildegardis ihr nach, durch alle ihre schlafenden Jungfrauen hin, wobei sie immer leise, leise sang: „Ihr Fräulein, Ihr Fräulein, ich wandle zu Nacht."

Draußen hielt mit Knappen und Knechten der riesige Sorbenritter. Der legte der Alten einen schweren Geldsack auf die Schultern, daß sie davon halb winselnd, halb lachend zu Boden sank, hub die träumende Hildegardis auf sein Pferd und trabte schweigend mit ihr in die immer tiefer dunkelnde Nacht hinein.

Zehntes Kapitel.

„Ihr edlen Herren und Ritter, die Ihr gestern rühmlich gestritten habt um Eurer Waffen Preis und um der schönen Hildegardis Hand! Wohlauf! Wohlauf! Laßt Eure Rosse satteln und frisch in's Feld! Die schöne Hildegardis ist geraubt!"

So riefen im hellen Morgenrothe des nächsten Tages viele Herolde durch Burg und Stadt, und nach allen Seiten stäubte es hinaus von Rittern und edlen Knappen, auf alle Straßen fort, über welche noch jüngst im Abendlicht Hildegardis stolz und still ihre Freier heran= reiten sah.

Zwei, die ihr wohl kennt, blieben auch jetzt unzer= trennlich beisammen, aber ob sie nach der rechten Seite hintrabten, wußten sie so wenig, als alle Andere, denn wie und wann die gefeierte Herrin aus ihren Kammern habe verschwinden können, blieb dem ganzen Hofhalt ein furchtbares, ungelösetes Räthsel.

Edwald und Frode waren geritten, so lange die Sonne

über ihren Häuptern hinzog, rastlos wie sie; jetzt, da sie in den Fluthen des Stromes versank, gedachten sie ihr den Preis abzugewinnen und spornten abermals ihre müden Rosse, aber die edlen Thiere schwankten und stöhnten, und man mußte sich schon entschließen, ihnen einige Erholung auf einem grasigen Anger zu gönnen. Sicher, sie mit dem ersten Ruf zu sich heranzulocken, nahmen ihnen die Ritter Zügel und Trense ab, damit sie sich mit der Weide und dem frischblauen Trank der Maineswellen erquicken möchten, während die Herren selbst unter den Zweigen eines nahen Erlengebüsches ruhten.

Und tief in den kühl dunkeln Schatten erglomm es wie ein mildes, aber starkfunkelndes Licht und hemmte Frode's Worte, der eben jetzt seinem Freunde Kunde von seiner Ritterschaft im Dienste der hohen Herrin Aslauga geben wollte, früher durch Edwalds Gram und nachher durch dessen reisige Ungedulb davon zurückgehalten. Ach, dies zarte, liebliche Goldlicht kannte Frode wohl! — „Laß uns ihm folgen, Edchen," sagte er leise, „und gönne den Rossen derweil ihre Weide und ihren Trank." — Edwald that schweigend, wie ihm sein Waffenbruder rieth. Eine Ahnung, halb süß, halb schaurig, verkündete ihm, hier gehe der Weg zu Hilde=garden und zwar der einzig rechte Weg. Nur einmal sagte er staunend: „ich habe das Abendroth noch nie so wunderlieblich auf den Blättern leuchten sehen." — Frode schüttelte lächelnd sein Haupt, und sie verfolgten stumm ihren heimlichen Pfad.

Als sie auf der andern Seite des Erlengehölzes herauskamen, gegen die Ufer des Maines hin, welcher es durch eine Wendung fast umschloß, sahe Edwald wohl, daß ein anderer Schein als der des Abendlichtes ihnen leuchte, denn schwarz und wolkig stand bereits die Nacht am Himmel, und der leitende Schimmer hielt am Strande des Flusses still. Die Wellen wurden davon genugsam erhellt, daß man einen kleinen waldigen Inselberg in ihrer Mitten wahrnehmen konnte und einen Nachen, diesseits an einem Gehäge festgebunden. Aber näherkommend sahen die Ritter noch mehr: eine Reiterschaar, wunderlich und fremd gestaltet, Alles schlafend, und in deren Mitte auf Polstern schlummernd eine Frauengestalt in weißen Gewändern.

„Hildegardis," lächelte Edwald mit kaum vernehmlichem Laut in sich hinein. Und zugleich zückte er sein Schwert, sich schlagfertig haltend, dafern die Entführer erwachen möchten, und winkte Froben, die schlafende Herrin aufzuheben und in Sicherheit zu bringen. Aber im selben Augenblicke schwirrte etwas wie eine Eule über die finstre Rotte hin, und rasselnd fuhr Alles empor und mit häßlichem Geheul zu den Waffen. Ein wüster, ungleicher Kampf erhub sich in der tiefen Dunkelheit, denn verschwunden war jener leuchtende Schimmer; Frobe und Edwald wurden auseinander gedrängt und vernahmen nur noch fern herüber Einer des Andern muthigen Kampfesruf; Hildegardis, aus ihrem Zauberschlummer aufgeschreckt, nicht wissend, ob sie wache oder träume, floh mit verwilderten Sinnen und bitterlich weinend in die tiefsten Schatten der Erlen hinein.

Elftes Kapitel.

Frode fühlte seinen Arm matt werden und das warme Blut aus zwei Schulterwunden herabrinnen. Da wollte er so erliegen, daß er vor der hohen Herrin, welcher er diente, mit Ehren aufsteigen könne aus dem blutigen Grabe, warf seinen Schild rückwärts, faßte den Schwertgriff zu beiden Händen und drang mit lautem Feldruf wilder in den erschreckten Feind. Alsbald hörte er Einige schreien: „es ist die nordische Kämpferwuth, die ihn faßt! die Berserkerwuth!" — Und scheu prellte die Schaar auseinander, und der ermattete Held blieb mit seinen Wunden im Dunkel allein.

Da leuchtete wieder Aslaugens Goldhaar in den Erlenschatten, und Frode, sich müde auf sein Schwert stützend, sagte: ich meine eben nicht zum Tode wund zu sein, aber wenn es dahin kommt, o liebe Herrin, dann erscheinst du mir doch noch gewiß in all' deiner Lieblichkeit und Pracht?" — Ein leises „Ja" hauchte an seinen Wangen hin, und das Goldlicht verschwand.

Aber halb ohnmächtig wankte Hildegardis aus den

Gebüschen und sagte leise: „Drinnen das furchtbar schöne Nordlandsgespenst, draußen die Schlacht! O lieber Gott, wo soll ich hin?"

Da trat ihr Frode beruhigend entgegen und wollte der Staunenden manches freundliche Wort sagen und sie nach Edwald fragen, als man das Wiederkommen der Sorbenkrieger aus ihrem Waffenrasseln und wilden Gerufe vernahm. Eilig leitete Frode die Jungfrau in den Nachen, stieß vom Ufer und ruderte mit Anstrengung seiner letzten Kräfte nach dem Bergeiland hinüber, welches sich ihm schon vorhin in der Mitte des Stroms kund gethan hatte. Aber die Verfolger hatten Fackeln angezündet, schwenkten diese sprühend hin und her und entdeckten bei deren Lichte bald die Schiffenden, auch daß der gefürchtete Dänenritter blute, und faßten einen frischen Räubermuth daraus. Noch ehe Frode den Nachen an der Insel angelegt hatte, vernahm er schon, wie jenseits ein Sorbe mit einem Fahrzeug herbei kam und bald darauf der größte Theil der Feinde sich einschiffte und ihm nachzurudern begann.

„In die Waldung hinein, schöne Jungfrau;" flüsterte er, sobald er Hildegarden an's Land geholfen hatte. „Verbergt Euch dorten, derweil ich trachte, den Räubern hier das Aussteigen zu verwehren." — Aber sich fest an seinen Arm haltend, flüsterte Hildegardis zurück: habe ich Euch nicht blutesroth gesehen und bleich? Und wollt Ihr; daß ich vor Entsetzen umkomme in diesen einsamen, nächtigen Hügelgewinden? Ach und wenn kann Euer nordisches goldhaariges Frauengespenst wieder erschiene und setzte sich neben mich hin, — oder glaubt Ihr etwa, ich sehe nicht, wie es dorten schon wieder durch die Büsche leuchtet?" — "Sie leuchtet!" wiederholte Frode, und neue Kraft und Hoffnung rann durch seine Adern. Er stieg bergan, dem holden Schimmer nach, und wie auch Hildegardis vor diesem zitterte, folgte sie doch ihrem Führer willig und sagte nur bisweilen leise: „ach Herr, mein hoher, wundersamer Herr, nicht laßt mich hier allein. Es wäre mein Tod." — Der Ritter, sie freundlich tröstend, schritt immer eiliger in Thal und Walddunkel hinein, denn schon vernahm er das Geräusch der landenden Sorben am Ufer der Insel.

Unversehens stand er vor einer Höhle, dicht von Gebüschen verdeckt, und der Schimmer verschwand. „Hier also!" flüsterte er, bemüht, die Zweige auseinander zu halten und Hildegarden den Eingang zu erleichtern. Sie stutzte einen Augenblick und sagte: „wenn Ihr so hinter mir die Zweige wieder zuschlagen ließet, und in der Höhle blieb' ich mit Nachtgespenstern allein! — Herr Gott! — Aber, Frode, Ihr folgt mir zitterndem, gejagtem Kinde gewiß. Nicht wahr?" — Vertrauend schritt sie durch das Gezweig, und der Ritter, der als Wächter hatte draußen bleiben wollen, folgte. Angestrengt horchte er durch die Stille der Nacht, Hildegardis wagte kaum Athem zu holen. Da rasselten die Fußtritte eines Bewaffneten heran, näher und immer näher, ganz dicht nun vor der Höhle, und Frode war vergeblich bemüht, sich von der zitternden Jungfrau loszumachen. Schon knisterten und brachen die Zweige des Einganges; schwer seufzte Frode: „so soll ich denn fallen, wie ein versteckter Flüchtling, von Weiberschleiern umwallt! Herr Gott, es ist ein schlimmes Ende. Aber darf ich denn dies halbohnmächtige Bild von mir drängen auf den dunkeln, harten Boden hin? Vielleicht einen Abgrund hinunter? Nun, geschehe denn, was da soll! Du, Herrin Aslauga, weißt es, ich sterbe in Ehren!"

„Frode! Hildegardis!" tönte eine sanfte, wohlbekannte Stimme am Eingang. Und Edwald erkennend, trug ihm Frode die Herrin entgegen an das Sternenlicht, sprechend: „sie vergeht uns vor Angst in dem Höhlenschlunde. Ist der Feind nahe?" — „Die liegen meist Alle am Strande todt oder schwimmen blutig auf den Wellen;" sagte Edwald. „Seid nur ohne Sorge und ruht euch. Bist du wund, lieber Frode?" — Er gab dem Staunenden nur die kurze Auskunft, wie er sich in der Dunkelheit mit als ein Sorbenkrieger in das Schiff gedrängt habe; da sei es ihm bei'm Anlanden leichtes Spiel gewesen, die Räuber, die sich aus ihrer eignen Schaar heraus von ihm angegriffen gesehen und für verhext gehalten, vollends zu verwirren. — „Sie hieben zuletzt Einer auf den Andern los," endete er seinen Bericht, „und wir brauchen jetzt nur den Morgen

zu erwarten, um das Fräulein heim zu geleiten. Denn
was von dem Eulengeschwader noch herumstreift, muß
sich ja vor dem Tageslicht ohnehin verstecken." —
Während dessen hatte er für Hildegardis ein Lager von
Reisig und Moos gar sorgsam und artig bereitet, und
als die Ermattete mit einigen lieblich dankenden Worten
eingeschlummert war, hub er an, seines Freundes
Wunden, so gut es die Dunkelheit erlauben wollte, zu
verbinden.

Während des ernsten Geschäftes, von den hohen
dunkeln Bäumen überrauscht, fern heran der Wellen-
gang des Stromes klingend, gab Frode seinem Waffenbruder mit leiser Stimme Kunde, welcher Herrin er
eigentlich diene. Edwald hörte sehr nachdenklich zu,
endlich aber sagte er freundlich; glaube mir nur, die
hohe Fürstin Aslauga zürnt dir dennoch wohl nicht,
wenn du dich dieser holden Erdenschönen in treuer
Liebe verbündest. Ach, gewiß jetzt eben leuchtest du
in Hildegardens Träumen, du vielbegabter, glücklicher
Held. Ich werde dir nicht im Wege sein mit meinen
thörichten Wünschen; ist es ja doch offenbar genug,
daß sie mich nun und nimmer lieben kann. Da will
ich denn dieser Tage nach dem Kriege aufbrechen, den
so viele tapfere deutsche Ritter im heidnischen Preußen-
lande führen, und das schwarze Kreuz, mit welchem sie
sich zu geistlichen Herren erklären, als das beste Heil-
mittel heften auf mein schlagendes Herz. Und du,

lieber Frode, nimm die schöne Hand, die du dir erfochten hast, an, und führe ein ganz ausnehmend glückliches und vergnügtes Leben."

„Edwald," sagte Frode sehr ernst, „das ist das erste Mal, daß ich ein Wort aus deinem Munde höre, welches ein biedrer Rittersmann nicht zur That machen soll. Thue du wegen der schönen, stolzen Hildegardis nach deinem Gefallen, aber Aslauga bleibt meine Herrin, und keiner Andern begehr' ich in Leben oder Tod."

Der Jüngling schwieg vor dieser strengen Antwort etwas verschüchtert still, und beide durchwachten, ohne weiter zu reden, im ernsten Sinnen die Nacht.

Zwölftes Kapitel.

Als am andern Morgen die Frühsonne gerade recht hell und lachend über die blühenden Ebenen um Hildegardens Veste stand, blies der Thurmwächter ein fröhliches Liedlein in sein silbernes Horn, denn er hatte mit seinen Falkenaugen schon aus sehr weiter Ferne die schöne Herrin erkannt, wie sie zwischen ihren beiden Rettern aus dem Walde herangetrabt kam. Und aus Burg und Städtlein und Dörfern bewegten sich viele jubelnde Festeszüge, die glückliche Kunde mit eignen vergnügten Augen zu sehen.

Hildegardis wandte sich thränenfunkelnden Blickes zu Edwald, sprechend: „wenn Ihr nicht wäret, junger Held, wohl sollten alle diese lang' und vergeblich suchen, ehe sie mich Entführte wieder fänden und ehe sie den edlen Frode aufspürten, der ohne Zweifel, ein blutig verhauener Leichnam, starr und stumm daläge in der finstern Felsenkluft.

Edwald neigte sich demüthig, aber in seiner gewohnten Schweigsamkeit verharrend; ja, es schien, als drücke ungewohnter Kummer auch sein freundliches Lächeln nieder, das sich ehedem in süßer Kindlichkeit so leicht vor jedem gütigen Worte aufthat.

Der Herzog, Hildegardens Pfleger, hatte in großer Freude seines Herzens ein prächtiges Frühmahl bereitet und alle anwesenden Ritter und Frauen geladen. Während nun Frode und Edwald mit leuchtender Herrlichkeit dicht hinter der geretteten Herrin die Stiegen hinaufwandelten, sagte der Jüngling leise zu seinem Freunde: „du kannst mich nun wohl nie wieder lieb gewinnen, edler, standfester Held!" — Und wie ihn Frode staunend ansah, fuhr er fort: „das ist es, wenn Kinder sich's einfallen lassen, Helden zu berathen, wie gut es auch gemeint sein mag. Nun habe ich mich schwer an dir versündigt und an der hohen Herrin Aslauga noch mehr." — „Weil du alle Blumen deines Lebensgartens abpflücken wolltest, um mich damit zu erfreuen!" sagte Frode. „Nein, du bleibst mein holder Waffenbruder nach wie vor, liebes Edchen, und bist mir vielleicht nur noch theurer geworden."

Da lächelte Edwald wieder still vergnügt, wie eine Blume nach dem Morgenregen im Mai.

Hildegardens Augen leuchteten ihn mild und freundlich an, auch redete sie öfters huldvoll mit ihm, da hingegen seit gestern eine ehrerbietige Scheu sie von Frode zu entfernen schien. Aber auch Edwald war sehr verändert. Mit so demuthsvoller Freude er auch der Herrin Güte aufnahm, war es doch, als stehe etwas zwischen Beiden, das ihm jede, selbst die fernste Hoffnung auf Minneglück verbiete.

Da geschah es, daß ein edler Graf von des Kaisers Hoflager gemeldet wurde, der, auf eine wichtige Botschaft ausgesendet, der Herrin im Vorüberziehen seine Ehrfurcht bezeigen wollte. Sie nahm ihn freudig an, und gleich nach den ersten Begrüßungen sagte er, auf sie und Edwald blickend: „ich weiß nicht, ob mich vielleicht mein gutes Glück gerade zu einem sehr schönen Feste herführt? Das würde meinem Herrn, dem Kaiser, eine gar fröhliche Botschaft sein." — Hildegardis und Edwald waren in ihrem verwirrten Erröthen sehr lieblich anzusehen, und der Graf, alsbald bemerkend, er habe sich übereilt, neigte sich demüthig vor dem jungen Ritter, sprechend: „verzeiht mir, hoher Herzog Edwald, mein zu vorlautes Wesen, aber ich kenne den Wunsch meines Gebieters; und die Hoffnung, ihn bereits erfüllt zu sehen, riß meine Zunge fort." Aller Augen hefteten fragend auf den jungen Helden, welcher mit anmuthiger Verlegenheit sagte: „es ist wahr; der Kaiser hatte bei meiner letzten Anwesenheit im Hoflager die übergroße Gnade, mich zum Herzoge zu erheben. Mein gutes Glück wollte, daß in einem Treffen einige feindliche Reiter, die sich an die geheiligte Person des Herrn gewagt hatten, gerade vor meinem Dazukommen auseinander jagten." — Der Graf erzählte auf Hildegardens Begehr die Heldenthat ausführlich, und es ergab sich, daß Edwald nicht nur den Kaiser aus der bedrohlichsten Gefahr errettet, sondern auch mit kühnem, kaltem Feldherrnsinn bald darauf die ganze entscheidende Hauptschlacht siegreich beendet habe.

Das Staunen versiegelte zu Anfang Aller Lippen, und noch ehe die Glückwünsche beginnen konnten, wandte sich Hildegardis gegen Edwald und sagte mit leiser Stimme, welche dennoch in dem Schweigen allgemein vernehmbar ward: „der edle Graf hat meines kaiserlichen Oheims Wunsch ausgesprochen; und ich berge es nun nicht länger: meines Herzens Wunsch ist derselbe. Ich bin des Herzog Edwald Braut." Und damit reichte sie ihm die schöne Rechte hin, und Jedermann erwartete nur, daß er sie annehme, um in lauten Beifallsruf auszubrechen. Aber Edwald that nicht, wie man glaubte; vielmehr ließ er sich vor der Herrin auf ein Knie nieder, sprechend: „da sei Gott vor, daß die erhabene Hildegardis je ein Wort zurücknehme, welches sie feierlich den Frauen und Rittern verkündete. Keinem Ueberwundenen, spracht Ihr, dürfe der kaiserlichen Nichte Hand gehören, und dort steht der edle Dänenritter Frode, mein Sieger."

Hildegardis wandte sich bebend mit leisem Erröthen ab und verbarg ihre Augen, und indem sich Edwald erhob, war es, als rinne eine Thräne über seine Wange.

Rasselnd in seinen Waffen schritt Frode mitten in den Saal, ausrufend: „ich erkläre meinen vorgestrigen

Sieg über Herzog Edwald für einen bloßen Glücksfall und fordere den ritterlichen Helden auf morgen abermals in die Schranken." — Zugleich warf er seinen ehernen Handschuh tönend auf den Estrich hin.

Aber Edwald regte sich nicht, ihn aufzuheben. Vielmehr glühte eine hohe Zornesröthe auf seinen Wangen, die Augen funkelten ihm unwillig, daß ihn sein Freund kaum hätte für denselben halten mögen, und nach einigem Schweigen sagte er: „edler Ritter, Herr Frode, hab' ich je wieder Euch gefehlt, so sind wir jetzo quitt. Wie dürfet Ihr, ein von zwei Schwerthieben rühmlich wunder Held, einen gesunden Mann auf morgen in die Schranken fordern, dafern Ihr ihn nicht verachtet?"

„Verzeiht mir, Herzog;" entgegnete Frode etwas beschämt, aber sehr heiter. „Ich habe zu dreist gesprochen. Erst nach meiner völligen Genesung fordere ich Euch."

Da nahm Edwald freudig den Handschuh auf, kniete abermals vor Hildegarden, die ihm abgewandt die schöne Rechte zum Kusse reichte, und schritt Arm in Arm mit seinem hohen Dänenfreunde aus den Hallen.

Dreizehntes Kapitel.

Während daß Frode geheilt ward, ging Edwald bisweilen, wenn der Abend recht tief und still hernieder dämmerte, auf der blühenden Terrasse unter Hildegardens Fenster lustwandeln und sang anmuthige kleine Lieder. Unter andern folgendes:

„Heilt, ihr Heldenwunden!
Ritter, wollst gesunden!
Lieber Ehrenstreit,
Sei nicht allzuweit!"

Das aber, welches ihm die Jungfrauen im Schloß am liebsten und öftersten nachsangen, hieß also:

„Ich wollt', ich läg' am Boden,
Gestorben von Heldenschlag,
Ich wollt', ein Liebesodem
Hauchte mich wieder wach,
Ich wollt', ich wär' ein Kaiser
An Reichthum und Gewalt,
Ich wollt', ich suchte Reiser
Im wilden Wald.
Ich wollt', ich wär' ein Einsiedler,
Ich wollt', ich ritt' in König's Heer,

Ich wollt' in Ehren Jedwedes sein,
Wozu Feinsliebchen nicht sagte: Nein."

Es war auch zugleich das längste Lied, welches Erwald vielleicht in seinem Leben gesungen hatte.

In dieser Zeit geschah es, daß ein Mann, welcher sich für sehr klug hielt und zugleich die Stelle eines Schreibers bei dem alten Herzoge, Hildegardens Pfleger, einnahm, zu den beiden ritterlichen Freunden gegangen kam, um ihnen, wie er es nannte, einen unmaßgeblichen Vorschlag zu thun.

Die Sache lief in Kurzem darauf hinaus: da doch Frode sich unmöglich etwas Rechtes aus dem Siege machen könne, möge er im bevorstehenden Turnier hübsch mit Fleiß vom Pferde fallen und auf diese Art seinem Genossen recht sicherlich zu der Braut verhelfen, zugleich auch kaiserlicher Majestät Willen ausrichten, wofür ihm gedankt werden solle auf mannigfache Art.

Da lachten zuerst die beiden Freunde recht herzlich miteinander, und alsdann trat Frode ernsthaft vor den Schreiber hin, sprechend: „dich Männlein würde hoffentlich, falls er um deinen Thorenspruch wüßte, der alte Herzog alsbald aus dem Dienst jagen, kaiserlicher Majestät gar nicht einmal zu gedenken. Aber das Eine Sprüchlein lerne dir auswendig:

Wo Rittersmann erst im Sattel saß,
Da war die Rede nicht mehr von Spaß;
Wo Ritter und Ritter zusammenprellt,
Da hilft für's Treffen nicht mehr die Welt.

Und wer dazwischen die Nase wagt,
Der hat von der Nase sich losgesagt.

Gute Nacht, lieber Herr. Und glaubt nur, daß Edwald und ich einander aus vollen, treuherzigen Kräften anreiten werden."

Der Schreiber machte sich eiligst aus dem Zimmer und soll noch am andern Tage sehr blaß ausgesehen haben.

Vierzehntes Kapitel.

Bald darauf war Frode genesen, die Rennbahn wieder bereitet, wie das vorigemal, nur fast noch von einer zahlreichern Menge Volkes umdrängt, und in der Frische eines thauhellen Morgens zogen die beiden Helden neben einander feierlich zum Kampf.

„Trauter Edwald," sagte Frode unterwegens leise, „fasse dich im Voraus, denn auch diesmal wird wohl der Sieg nicht dein. Auf jener glühtrothen Wolke steht Aslauga."

„Mag sein," entgegnete Edwald still lächelnd, „aber unter den Bogengewinden der Goldlaube leuchtet Hildegardis und hat heute nicht einmal auf sich warten lassen."

Die Ritter nahmen ihre Stellen ein, die Trompeten riefen, das Rennen begann. Und wohl schien Frode's Weissagung in Erfüllung gehen zu wollen, denn unter seinem Stoße schwankte Edwald so, daß er die Zügel fahren ließ, mit beiden Händen die Mähne faßte und sich nur mühsam in's Gleichgewicht zurück brachte, während sein wilder, weißgeborner Hengst mit unbän=

digen Sätzen auf der Bahn umherfuhr. Auch Hildegardis schien zu wanken vor diesem Anblick, aber der Jüngling hatte endlich sein Roß wieder gezähmt, und das zweite Rennen brach los.

Frode schoß wie ein Blitz die Bahn entlang; man meinte, nun sei es ganz um den Sieg des jungen Herzogs geschehen. Aber im Zusammentreffen bäumte das kühne Dänenroß sich scheuend hoch empor, der Reiter wankte, sein Stoß ging irrend vorbei, und vor Edwalds festem Speer schlugen Hengst und Ritter klirrend übereinander und lagen auf dem Wahlplatze wie betäubt.

Edwald that nun, wie Frode vor Kurzem gethan hatte. Nach Rittersitte blieb er eine Weile auf dem Platze halten, wie um zu warten, ob irgend ein Gegner ihm seinen Sieg noch anzufechten denke, dann sprang er vom Rosse und flog dem gestürzten Freunde zu Hülfe.

Eifrig arbeitete er ihn unter der Last des Pferdes hervorzuziehen, und bald ermunterte sich Frode, half sich selbst vollends heraus und riß auch seinen Streithengst in die Höhe. Dann schlug er das Visier auf und lächelte seinen Ueberwinder sehr freundlich, wenn auch aus etwas bleichen Zügen, an. Dieser neigte sich demüthig, fast blöde, und sagte: „du, mein Held, gestürzt! Und vor mir! Ich faß' es nicht." — „Sie hat es selbst gewollt," erwiederte Frode lächelnd. „Komm nur jetzt zu deiner holden Braut hinauf."

Laut jubelte rings das Volk, tief neigten sich Frauen und Ritter, als nun der alte Herzog das schöne Brautpaar zeigte und sich Beide auf sein Geheiß unter den Blättergehängen der Golblaube mit zartem Erröthen um= armten.

Noch heute wurden sie einander in der Burgkapelle feierlich angetraut, weil Frode sehr darum bat. Ein Zug, weit in entlegene Lande hinaus, stehe ihm nahe bevor, sagte er, und er wolle so gern das Hochzeitfest seines Freundes mitfeiern helfen.

Funfzehntes Kapitel.

Die Kerzen flammten hell in den gewölbten Sälen der Burg, Hildegardis hatte so eben den Arm ihres Lieblings verlassen, um einen Ehrentanz mit dem alten Herzoge zu beginnen, da winkte Edwald seinem Waffenbruder, und Beide schritten in den mondbeglänzten Schloßgarten hinaus.

„Ach Frode, mein hoher, herrlicher Held," rief Edwald nach einigem Schweigen aus, „wärest du doch nur so glücklich, wie ich! Aber dein Auge haftet ernst und nachdenklich am Boden oder glüht fast ungeduldig himmelan. Es wäre doch entsetzlich, wenn du wirklich Hildegardens Besitz als einen heimlichen Wunsch im Herzen getragen hättest und ich thörichtes Kind wäre dir nun, auf eine so unbegreifliche Weise begünstigt, in den Weg getreten!"

„Sei ruhig, Edchen," lächelte der Dänenheld. „Auf Ritterwort, mein Sinnen und Sehnen gilt deiner schönen Hildegardis nicht. Vielmehr funkelt mir Aslaugens Goldbild strahlender im Herzen als je. Aber höre zu, was ich dir erzählen will."

„Eben als wir zusammentrafen auf der Bahn, o hätte ich Worte dir auszudrücken, wie es geschah! — umwallt, umfunkelt, geblendet ward ich von Aslaugens Goldlocken, in denen ich plötzlich schwebte, — auch mein edles Roß muß die Erscheinung gesehen haben, denn ich fühlte, wie es unter mir scheute und stieg, — dich sah ich nicht mehr, die Welt nicht mehr, nur noch Aslauga's Engelsantlitz ganz nahe vor mir, lächelnd, blühend wie eine Blume im Meere der Sonnenlichter, die es rings umschwammen, — die Sinne vergingen mir. Erst als du mich unter dem Pferde hervorhobst, ward ich mein selbst wieder gewahr und wußte nun auch in großen Freuden, daß ihr eigenes holdes Wollen mich zu Boden geblitzt hatte. Aber seltsam ermattet fühlte ich mich, weit mehr, als es mir der bloße Sturz hätte thun dürfen, und zugleich war mir, als müsse die Herrin mich durchaus sehr bald auf eine ferne Sendung hinausschicken. Ich eilte, um auszuruhen, in mein Gemach, und ein tiefer Schlaf umfing mich sogleich."

„Da kam Aslauga im Traume zu mir, königlicher geschmückt als je, setzte sich an das Hauptende meines Lagers und sagte: eile, dich zu schmücken in aller Pracht deiner Silberwaffen, denn du bist nicht nur ein Hochzeitgast, du bist auch der —"

„Und ehe sie noch ausreden konnte, war wie fortgehaucht mein Traum, und ich empfand eine große

Eil, ihrem holden Befehl zu genügen, und war sehr erfreut. Aber nun, in Mitten des Festes selbst komme ich mir so einsam vor, wie noch nie in meinem Leben, und kann gar nicht ablassen, darüber zu sinnen, was die abgebrochene Rede der Herrin eigentlich verkündigen wollte." —

"Du bist viel höhern Gemüthes, Frode, als ich," sagte Edwald nach einigem Schweigen, "und ich kann dir daher wohl in deinen Freuden nicht nachfliegen. Sage mir jedoch, ist dir nie ein tiefer Schmerz darüber aufgewacht, daß du einer so fernen Herrin dienest, ach, einer Herrin, welche dir meist immer unsichtbar ist!"

"Nein, Edwald, das nicht;" erwiederte Frode mit selig funkelnden Blicken. "Weiß ich ja doch, daß sie meinen Dienst nicht verschmäht, werd' ich ja doch bisweilen gewürdigt, sie anzuschauen. O, ich bin ein überglücklicher Rittersmann und Sänger!" —

"Und dennoch dein Schweigen heute, dein trübes Sehnen?" —

"Trübe nicht, liebes Edchen, nur so recht innig, so recht tief aus dem Herzen herauf und so seltsam unverstanden dabei. Aber das, wie Alles, was ich habe, quillt ja eben aus den Worten und Geboten Aslauga's; wie könnte es denn nicht etwas Schönes sein und zu einem hochherrlichen Ziele führen?" —

Ein Knappe, der ihnen nachgeeilt war, meldete, man warte des herzoglichen Bräutigams mit dem Fackeltanz, und Edwald bat seinen Freund im Zurückgehen, er solle sich mit in den feierlichen Reihen begeben, gleich hinter ihn und Hildegarden. Frode sagte es mit einem freund= lichen Kopfnicken zu.

Sechzehntes Kapitel.

Die Hörner und Hoboen erhuben bereits ihren feierlichen Klang; Edwald eilte, seiner schönen Braut die Hand zu bieten, und indem er mit ihr in die Mitte der prächtigen Halle vorschritt, bat Frode die nächste der edlen Frauen, ohne sie weiter anzusehen, um ihre Hand zum Fackeltanze und nahm mit ihr die erste Stelle gleich nach dem Brautpaar ein.

Aber wie ward ihm, als von seiner Gefährtin ein Licht auszustrahlen begann, davor die Fackel in seiner Linken ihren Schein verlor! Kaum wagte er im süßen, schauerlichen Hoffen, seinen Blick nach der Dame zu wenden, und wie er es nun dennoch that, war all sein kühnstes Wünschen und Sehnen erfüllt worden. Mit einer leuchtenden Brautkrone von grünen Edelsteinen geschmückt, tanzte Aslauga in feierlicher Lieblichkeit neben ihm und strahlte ihn aus den Sonnenlichtern ihrer Goldlocken mit den himmlischen Mienen beseligend an.

Staunend rings umher vermochten die Zuschauer kein Auge von dem wundersamen Paare zu verwenden: der Held in seiner klaren Silberrüstung, mit der hoch-

gehobenen Fackel in der Hand, ernst und freudig und
gemessen einherschreitend, als gelte es eine tief geheime
Weihe; die Herrin neben ihm, mehr schwebend als wan=
delnd, Lichter von ihren goldenen Locken versendend, daß
man fast glauben mochte, der Tag schaue in die Nacht
herein, und, wo ein Blick durch all' die reichen Schimmer
bis an ihr Antlitz gelangte, Herz und Sinne mit dem
wundersüßen Lächeln der Augen und des Mundes er=
freuend.

Gegen das Ende des Tanzes neigte sie sich freund=
lich und vertraulich flüsternd zu Frode hinüber, und mit
den letzten Tönen der Hörner und Hoboen war sie verschwunden.

Keiner der Neugierigen hatte Muth genug, den
Dänenritter nach seiner Tänzerin zu fragen, Hildegardis
schien der Fremden gar nicht inne geworden zu sein.
Aber kurz vor dem Schlusse des Festes nahte sich Ed-
wald seinem Freunde, leise fragend: „war es —?"
— „Ja, lieber Jüngling," entgegnete Frode, „dein
Hochzeitstanz ist durch die Anwesenheit der reinsten
Schönheit verherrlicht worden, die man je in allen
Landen erblickt hat. Ach, und wenn ich ihr Flüstern
recht vernommen habe, sollst du mich nie wieder seuf=
zen und an den Boden starren sehen. Aber kaum wag'
ich es zu hoffen. Nun gute Nacht, liebes Edchen, gute
Nacht. So früh, als ich darf, sollst du alles erfahren."

Siebzehntes Kapitel.

Noch wehten um Edwalds Haupt leichte, fröhliche Morgenträume, da war es ihm, als umleuchte ein heller Lichtglanz sein Haupt. Er dachte an Aslaugen, aber es war Frode, dessen goldener Lockenhelm jetzt nicht minder sonnig funkelte, als der Herrin wallendes Haar. —„Ei," dachte Edwald in seinem Traum, „wie ist mein lieber Waffenbruder so schön geworden?" — Und Frode sagte zu ihm: „ich will dir etwas vorsingen, Edchen: leise, ganz leise, so daß Hildegardis nicht davon erwacht. Höre nur zu:"

"Sie ist gekommen, hell wie der Tag,
Da, wo ihr Ritter im Schlummer lag.
Sie hielt in ihrer lichtweißen Hand
Ein Spielwerk, wie ein mondgoldnes Band;
Das schlang sie um ihr Haar und um sein's
Und sang dazwischen: wir zwei sind Eins.
Umher lag dunkel die Welt und arm,
Da hob sie ihn auf in ihrem Arm,
Da stand er in einem Garten süß,
Den hießen die Engel das Paradies."

„So schön hast du in deinem Leben nicht gesungen;" sprach der träumende Jüngling.

„Das glaub ich wohl, Edchen;" sagte Frode lächelnd und verschwand.

Aber Edwald träumte fort und fort, und noch viele Gesichte zogen an ihm vorbei, alle sehr freundlicher Art, ohne daß er sich jedoch ihrer hätte erinnern können, als er schon hoch am Tage die lächelnden Augen aufschlug. Nur Frode und sein wundersames Lied standen ihm hell vor dem Geiste. Er wußte es nun wohl, daß sein Freund gestorben war, aber er konnte keinen Schmerz darüber empfinden, wohl fühlend, wie das reine Helden- und Sängerherz nur im Paradiesesgarten die rechte Freude finden könne und im seligen Spiel mit den hohen Geistern der Vorzeit. Leise schlich er sich von der schlummernden Hildegardis fort und in das Gemach des Todten hinüber. Er lag auf dem Ruhebette, fast so schön als er im Traum erschienen war, und den Goldhelm zu seinen Häupten hielt eine wunderbar strahlende Haarlocke umfangen. Da machte Edwald auf geweihetem Boden ein schöngelegenes, schattiges Grab, rief den Kapellan des Schlosses herbei und trug mit dessen Hülfe seinen lieben Frode dahinein.

Er kam zurück, als eben Hildegardis erwachte, und wie sie, vor seiner feierlichen Heiterkeit in Demuth staunend, ihn fragte, wo er so frühe gewesen sei, erwiederte er lächelnd: „ich habe die Leiche meines herzlieben Frode begraben, welcher in dieser Nacht zu seiner goldlockigen Herrin gegangen ist." Darauf erzählte er Hildegarden